환승역, 고흐

곽홍란 시집

환승역, 고흐

夢而思 | 학이사

자서

꽃은 소복소복 피어도
발목 잡고 엉키지 않는다

멀리서 된바람 불면
소리 없이 옷깃 여미고
등 떠밀려 쏠릴 때면 하르르 나래 펴고
발목 꺾여 넘어지면 보란 듯 환히 웃고

물귀신 코비드-19 늪이라도
향주머니 엮는다

2020년 11월
곽홍란

차례

1부 윤사월 모란

2부 고갱의 달

3부 세한의 꽃잠

4부 오후 세 시의 바다

1부
윤사월 모란

겨울 연지 蓮池

어쩌면 한 뉘 있어
가던 길 세운 걸까
살며시 귀 기울이면 처억 척 회초리 소리
저 홀로 종아리 걷고
밤새도록 내리친다

세상으로 이어진 길 아득히 지워지면
비 젖고 쓰린 상처
바람이 말리는지
얼붙어 싸늘한 못물,
속살 데우는
마른 연蓮

쉬 썩을 수가 없어
까맣게 타버린 대궁
어둠 속 곤추앉아 아직은 먼 봄마중인가
숫새벽
제 심지 부벼
하늘 자락 지핀다

구들장*

돌이라 하십니까
죽었다 하십니까

단 한번 화토〔花头〕에도
즈믄 날 삭지 않는

대문 밖
얼어온 그대
데워줄 이 가슴팍을

* 구들장: 추운 겨울을 나기 위해 열기로 방 바닥에 놓인 돌판을 덮혀 온기를 유지하는 한국의 전통 난방 방식에 쓰이는 크고 넓적한 돌.
* 국제펜문학 후원, 스페인어로 번역되어 세계 문인에게 소개된 시

황새냉이

푸른 잎
곧은 줄기 아득한 생을 잇듯

길고도 흰 다리는 허공 품고 직립이다

어둡고
추운 황무지
가시발로 뻗는 삶

언총言塚

입 닫을 수 없고 혀 감출 수 없는
그런 날 늘어나면서 귓불 살이 올랐다
한때는 잘 들으려고 더듬이를 세웠지만

이제는 잘 들으려고 더듬이를 내린다
말이 말을 만나 말꼬리 줄 잇는 날
수북이 덮어줄 풀잎 달구지에 싣는다

비루한 어둠 스며 절망의 생알까던
말이 묻히고 묻혀 무덤 된 말의 고분古墳
그 곁에
구덩이 파 수레 묻고
나도 마저 묻힌다

심장에 곤두박여 아픔으로 자라던 싹
땅의 속 커튼 걷고 하늘 창을 힘껏 민다
떠난 말 다 초록 더듬이로
돌아가고 오라고

새벽 농현弄絃

바람 잔 청동의 밤, 선사先史의 어진 사내들아

대가야국, 따순 그 눈빛으로 낙동강 언 허리 풀고 넘실넘실
흐르다 마른 풀 만나면 실뿌리 적셔주고, 힘에 버거우면 샛도
랑물 어깨 걸고 진양조로 흘러라 흘러가다 비뚤어진 바위손,
그 게으른 잠 슬쩍 깨워주고, 잘 익은 은어알 눈곱도 떼어 주
고 바다로 바다로 함께 휘몰아 들어라

열두 줄 가얏고 노래 발묵潑墨으로 풀어놓고

깃드는 갯바람 화석으로 삭지 않거든
초목도 울어야 할 골 깊은 멍이거든
오너라
맨살 부벼도 아프지 않을 내 사랑

뭍짐승 바다짐승 알껍질 깨고 나와
어절시구 손잡아 첫 마음 되새기면
넉넉한 달 품에 안겨
산과 내도 꿈을 꾸리

비 오는 날

어제 비 내리고 오늘 비 내린다
태초의 사람 빚듯
사람의 사람 빚듯
윤사월
젖은 개흙 떠 두렁 빚는 아버지,

마른 손끝으로 더듬더듬 더듬으면
그 뼛속 후미진 곳
숭숭 뚫린 구멍들
사붙이 가릴 바람벽 두고두고 될까 몰라

겨울 웅녀

저 혼자 반짝이는 쌍철문 닫아 걸고
빗장까지 채운 뒤 쇠붙이 버리고 간
북극곰 발짝 짚으며
겨울 산길 오른다

이끼손에 눈 뜨는 궂은 날의 여우별
어둡고 습한 적막은 절망의 먹이였다
차가운 청동의 거울 겹게 뚫는 소한 빙벽

나목 썩어 문드러진 진흙 시신 밟으며
오르고 오르지만 산은 또 산 너머 산
새로운 길은 없었다
오직 걷고 걸을 뿐

발가락 사이 세든
햇티눈 달래다가
입 다문 걸쇠 깨고 밥솥 뚜껑을 연다
지독한

운모빛이다
지옥 닦는 아수라등

까치꽃

바위틈 씨를 묻고 하늘에 맡긴 목숨

밤이면 별빛 모아 검정부리 닦았는지

멀리서

오고 있는 봄

저 먼저 보았다고 까아깍

햇살 숨바꼭질

후미진 노전 한 켠
햇살의 숨바꼭질

헤져 꿰맨 장판 위엔
보리쌀 참깨 수수 녹두

낮달은
보따리 넘고
할머니 등 넘는다

저 홀로 폴짝폴짝
징검다리 건넜다고

저 홀로 칙칙폭폭
기차 밀고 간다고

할머니
환히 웃으며
물 무지개 휙 걸어준다

윤사월 모란

경산 자인에 피는 윤사월 모란꽃*은
그냥 볼 일 아니다
그냥 지나칠 일 아니다
사무쳐 짓물러 터진
각다귀 떼 붉은 자위

꽃은 눈물을 넘고
꽃은 아픔을 넘고
꽃은 절망을 넘고
꽃은 사랑을 넘고
주검과 이별을 넘어
저렇듯 다시 피고 있다

인생은 그리 길지도 짧지도 않지만
죽음의 골짜기 넘어 꽃 한 송이 피우는 일

말로는
다 할 수 없어

허공 지핀

저 등불

* 경산·자인지역 일화에는 옛날 왜구가 침입하여 도천산到天
山에 진을 치고 있을 때 한종유 장군이 누이동생과 못가에서
모란꽃춤을 추며 적을 유인하여 물리쳤다는 데서 유래된 여
원무女圓舞 놀이가 전해진다.

늪, 침묵을 밀다

천년을 누워 지낸 늪, 뿌글거리지만
결코 썩지 않는다
뒤척이는 것이다
물감옥 모로 뉜 몸채 잠 깨우는 중이다

각시붕어 오가며 그려놓은 둥근 물길
물방개 잠수하며 뛰어넘는 수직 하늘
된 바닥 꿰뚫고 싶은 욕망의 멱 입 입 입

바람을 만나고 싶어 구월을 읽고 싶어
온몸에 달라붙은 세월을 털어낼 때
밑바닥 뿌글거리는 가시연의 하얀 애절哀絶

천년 늪 두레박 긷다가 가던 길 놓친 여자
풀석 주저앉혀 둔 침묵의 말 한마디
한동안 물 위에 떠 있을
가랑잎에 태운다

거품과 거품 사이 흘러가는 낡은 거룻배

떠나지 않고 남아 한순간 덥석 안고
짙푸러 잠 못 드는 늪 여울턱 밀고 간다

화인火印

- 뮤지컬 〈see what I wanna see〉

'참 진짜 미친 건 매일 똑같은 일
똑같이 반복하며 특별한 걸 기대하는'
오지게 한 대 맞았다
뒤통수가 얼얼하다

미친 사람 나부랭이 글쯤 여기고 그냥
흘러내려 버리려던
화장실 물 같은 문장
천천히
되새기다가 본다 진짜 미친 나,

흔한 너울 맴돌며 표류인 줄 몰랐다니
닻과 돛 뒤바뀐 모음母音 폰번 메일도 잊은 노櫓
나침반 침 고쳐 꽂고
난파선 나,
예인曳引한다

그리운 꽃, 화왕花王

어둠 속 등불로 오는 사랑아, 내 사랑아
사소한 눈빛처럼 바람 불고 비 내리지만
그 너머 맵짜던 세월
환히 밝힌 사랑아

차마 꽃이 되지 못해
쑥물 들던 가슴살
휘굽은 비탈 너머 저리 붉게 지폈는가
생채기
아무는 봄날,
아, 모란이 핀다

들끓어 용암으로 뜨겁던 여름 산 언저리
실핏줄 절로 터지던
겨울 강 홀로 건너
결 고운
풍경으로 와 나 몰래 귀 씻어주는

2부

고갱의 달

바람의 편지

새처럼 들풀처럼 그리 살라 하셨습니까
드넓은 하늘의 깃
헤아리려 들지 말고
오롯이 그 품에 안겨 피어나라 하셨습니까

까닭 없이 멱살 잡는
지상의 삶이라도
등 떠밀고 달아나는 한줌 햇살이라도
묵묵히
불러야 할 이름
잊지 말라 하셨습니까

나의 강은 살얼음 저 겨우내 잔기침인데

툭, 어깨를 치는 바람
그대의 말씀입니다

허튼 길

끊어진 자리
그곳에 날 두라는

감자꽃 필 때까지

작다고 팽개치고 차다고 깨버리고
어둡다 뻐드렁타 말랐다 휘어졌다
저 핑계
이 핑계 대며 버린 길 참 많습니다

물 말라 쪼그라들고 속까지 틀린 과육
소반에 올려두고 오래 눈 맞춥니다
담채색 다섯 발가락
시접 없는 별똥밭

눌러 찍을 때마다 산길 여는 생감자
젖은 발자국이 따라서 걷습니다
들머리 캄캄하던 땅 웃음소리 들리나요

푸른 손수건으로
길 닦고 가는 성자
작은 보라로 핀 내게 꽃손 흔듭니다
싹 돋아

온통 은하강

감자꽃 필 때까지

담양 블랙홀

담양행 새벽 4시
길은 안개 무덤이다
실눈 겨운 뇌세포는 비상등 흐린 알불
멀거니 드러눕는 배 흔들어 깨우며 간다

북극성도 집을 잃은
지도에는 출구가 없다
시간을 삼킨 허공 창마저 닫았는지
동공만 젖고 또 젖는
취잠의 짐승 한 마리

는개가 닦아 주는
가시 박힌 맨발의 상처
잊었던 이름 하나 갈잎으로 흔들리고
서서히
걷는 물밧줄
산수山水 한 점 걸린다

어떤 비망록
- 松村 지석영

무쇠로 족쇄 빚어 빗장문 굳게 걸어도
천연두天然痘 앞 비껴갈 자
세상천지 누구던가
문 열면 듣고 보는 것 울음이요 주검이라

저무는 별빛마저
붙들어 불 밝히고
어린 목숨 살리고자 뜬눈으로 지핀 일월,
피 묻은
역신의 손톱보다 무섭던 손가락질

천명天命의 길은 멀고
건널 강은 넓고 깊어
눈물로 골이 패던 유형의 땅 신지도,
그 열정
겨레의 근심을 덮고
새 아침을 열었네

산도라지

거칠고 억센 껍질 통째로 벗겨내고
뻗나간 잔가지들 툭툭 잘라 던지고
흰 등줄
엄지 부리로 얇게 눌러 저민다

죽여도 죽지 않는
희디흰 성질머리
어둠 속 암벽 찾아 길 뚫는 세포의 가시
천일염 한 주먹 뿌려 바락바락 문지른다

탈탈 털어 설탕 식초 고춧가루 덧뿌리고
벅벅 갈아엎어도
되살아 쏘는 아린 맛
무한포
지뢰 딛고도
떨지 않는 너, 산도라지

새벽 집어등

흔드는 건 바람만이 아니란 걸 몰랐다
휘청이며 갈팡질팡 뱃머리 쪼그려 앉아
얼마나 투덜댔던가
방향 잃은 빈 손아귀

콩깍지에 가려진 눈꺼풀 들어 올려
찢겨진 돛 꿰어 걸고
바다를 바라본다
더께로 물이끼 앉아 너부렁한 유리알

먹구름 밀쳐내고
다시 맞짱뜨잡는 길
새벽을 건져 올려 하늘에 별로 달면
비루한
삶의 생채기
푸른 멍이 삭는다

참꽃

주린 배 옹이 감아

건너가던 푸른 저녁

바람결에 휘청이며

건져 올리던 눈물밥

휘어진

손가락마다

붉디붉은 별이 뜬다

오물의 생

나뭇가지 움켜잡고 온몸으로 펄럭이면
잡아줄 손 있을까
벗어날 길 있을까
바람 문
검정폐비닐 허공에서 시를 쓴다

아리고 비린 것들 품었던 속살마다
쉬슬고 곰팡이 펴 찢기고 까무러쳐도
오물로 버려지는 생
한둘이던가, 어디

초록과 꽃의 시간
고깃고깃 갉아먹고
비단실 한 올조차 토해내지 못한 저녁
눈 뜨고 비를 맞는다
어둠 속에 내가 있다

가시밥

온 사방 쏘다닌 발
딛고 오른 계단 모서리
보일 듯 뵈지 않게 얽어둔 거미 과녁
애벌레 가시발 걸려
생사의 선 넘나든다

혼자서 손 흔들다 정거장 지나치고
저절로 물러 터져 엉덩방아 찧어대도
후미져 아늑던 구석
짓밟히긴
한순간

줄 휘저은 싸리비에 매달린 혼신의 삶
제발 죽지 말고
버티라고 되뇔 뿐
바짓단
엉켜붙은 먼지
가시밥만 찐득하다

고갱의 달

한마디 말도 없이 생을 던져버렸다
그 소문 꼬리 물고 싹이야 트든 말든
마흔은
미생未生의 거푸집,
날개 잃은 호접몽

세월도 닳아버린 어느 해였던가
팔다리 뭉그러지고
촉수만 남은 사내
송두리
바위에 스며 돌꽃으로 피어나고

바다를 집어삼킨
무삶이 섬 되었나
질기던 역신조차 내처 달아나 버린
항아님
애간장 빚어
청천 정수리 걸었네

13월

1.

허기는 새벽보다

늘 먼저 찾아왔다

깡마른 몸 추슬러 바위로 살아온 생

아직도

겨울은 깊고

골짝 그늘 어두운데

2.

허공의 뿌리에도

촉이 눈 떠 천해를 괴듯

별혜예 기대 살아도 깊고 푸른 저 화두

서늘한

그대 눈빛에

모롱 하나 기운다

그리운 독도

두 눈만 감아도
어느새 손끝에 닿는
그대를 누가 감히 섬이라 부르는가
아니다
나의 사랑은 한낱 섬이 아니다

비늘마다 쪽물 들이며
외로 지키는 적소
모국에서 불어오는 바람 채로 쳐 삭혀 두고
멍 뚫린 가슴팍마다
고이 꽃씨 품는 그대

열도列島의 말 아닌 말들
쉼 없이 건너오면
좌르르 심해 밖으로 키질해 되보내느라
식은땀 마를 새 없는
숨이 몹시 가픈 파랑

하늘이 그 마음 알아

거두고 또 피우는
번앵초, 천문동, 참억새, 날개하늘나리
숨관 끝 꽈리 튼 우리
차마 나눌 수 없는 것을

말피꽃 기별 한 잎 보내두고

신라 김유신이. 어느 날 술에 취해 집으로 돌아가는데 타고 가던 애마가 유신의 어제 마음만 헤아려 사랑하던 천관의 집 앞에 멈춰 선 것을 보고 말 목을 잘라 골목을 피로 물들였다 바람 많은 오후 천관의 뜰에 서면 그녀의 집 어귀. 선혈이 낭자했을 그 땅바닥이 문득 피지 못한 꽃, 말피꽃으로 보이나니

바람은 그냥 불고 떠나는 것 아니지
인적 이미 끊긴 벌판, 길을 열고 다가서서
말피꽃 범벅으로 핀 천관의 뜰 에도는

사랑이란 원체 낯선 이방의 말, 이방의 말

촘촘한 참빗으로 헛마음 훑어 내리던 밤 아! 저 멀리 귀 익은 말방울 소리 들리는 듯 들려오는 듯 불빛 따라, 소리 따라 내달리는 이내 생각 맨발로 내쳐 붙잡아 별로 띄워놓고 사경四更도 저물 무렵 갑사甲紗 끈 풀었더니 꾹 꾹 눌러 죽이던, 꺼이꺼이 삼켜대던 시나위 대문 어귀 붉게 피는가 저 비릿한 꽃, 말피꽃

천관의 발등 적시는 서늘한 그 말피꽃은

애꿎은 이 말피꽃 쓸어 기별 한 잎 보내두고
이제는, 사랑도 쉬 피고 지는 길손 말고
살아서 벙글어 맺는 저 구절초로나 필 일이다

3부
세한의 꽃잠

턱없는 잣대

삼매三昧는 아예 모르고
무애无涯에는 까막눈이
원효元曉, 드넓은 품 헤집으려 들었다
턱없는 잣대 들이대고
헤아리는 깊이였다

염정불이染淨不二 진속일여眞俗一如
염정불이染淨不二 진속일여眞俗一如
수없이 되뇌어도
구정물은 구정물이고
맑은 샘
그 윗물에 앉은
티끌은 티끌이었다

잡풀 향풀도 모르면서
풀밭에 앉았는데
봄바람 가지 치던 한 사내 내뱉는 말
'이거나 내다버리지'

툭, 허공을
가른다

세한의 꽃잠

겨울, 언 바람 속 붉은 등 켜들고 선
은목서 아니어도
나무 한 그루 품고 산다
살과 뼈
스스로 발라 휜 허리를 세우는

지나온 구비마다 때 절은 허욕의 집
마음 속 갈피마다
무성히 뻗은 줄기
보란 듯
나목裸木으로 서
하늘에 눈을 씻는

어둠이 짙을수록
켜켜이 앉히던 별빛
인적 끊긴 적소에서 스스로 타오르는
저 붓끝
시퍼런 세한歲寒
칼날에도 꽃잠이다

아라한의 묘지

번뇌를 잘라내고 차라리 결빙하는
기쁨을 묻어두고 차라리 침묵하는
검정 봉지에 싸여 던져진 부엌 구석

어둔 빛 이마 얹고
가부좌 튼 돼지감자
누추한 거적을 덮고 촉수의 길 닦는다
오롯이
제 가슴 후려 차라리 멍드는 뿔

보다 낮은 곳으로 내미는 손발 되고
보다 추운 곳에서 냉기 덮는 이불 되어
얼붙은
절명을 깨고 일어서는 부처손

하냥 뻗치는 날개 품 안에 살풋 접고
허튼 눈곱마저도 떼지 않는 감자의 몸
누추한 불면의 곳간
절망 지펴 싹 틔운다

감은사지 석탑

동해로 간 황룡 찾아 추령재 넘어서면
그리운 눈길로 서서
맞이하는 두 분 스승
긴 항해
밀랍의 언어 더듬더듬 꿰신다

정토를 꿈꾸었던 옥루는 허물어지고
꿸 수 없던 연緣의 조각
바다가 누볐는지
저린 발 뒤척일 때마다
무릎 꿇는 파랑波浪의 읍揖

비어 있는 자리끼
된바람 드나들면
실밥 땀땀이 주워 해풍에 말렸다가
어둠 속
서성이는 영혼
터진 옷깃 기워준다

까막눈이 참회록 · 7

햇빛을 먹고 사는
오백 년 느티 발가락

작은 생명체 불러모아 먹이고 기르는 것 보면서 내 부끄러
운 참회의 밀지密旨에

살며시
이끼씨 한 톨
파묻어 둡니다

길모퉁이 볼록거울

사람과 사람의 삶
그렇고 그렇다 쳐도
검은 직박구리똥 이마에 얹고 보면
아련히
내밀지 못한
그런 손길 보인다

못 본 척 통 모른 척 엇갈리던 그대와 나
바람 한 점 휘익 불어
무심히 가을 보내고
겨우내
몸부림치며 홀로 익는 저항의 눈

버릴 것 다 버리고
거를 것 걸러내고
뒤척여 흔들리며 반짝이는 저 천일염
숱하게
흩어놓은 길
모퉁이 하나 휘어진다

봄비, 2020

내리는 는개 속에 고삐 걸린 작은 창문
꽃 이름 부르다가
마지막 말은 어머니
황사 속
새벽 갈대도 고개 돌려 머무는 곳

뒤틀리고 독기 올라
목발 짚고 온 코로나
수척한 정월 그믐달 짚어 외던 수신호다
나직이 이름 불러도
지울 수 없는 부끄럼

뜨거운 피 서늘히 삭이느라 쓰담쓰담
날이 선 쇠창살 녹이느라 다독다독
집 집 집
국수틀마다
희망첩 걸고 있다

겨울 나루

꽁꽁 언 강바닥에 언 발을 묶어두고
바다만 바라보는
제 마음도 동이는가
다 헤진 옷깃을 펼쳐 살 여미는 작은 배

길마저 끊긴 자리 빈 사슬로 몸을 감고
닻 잃고 돛도 없이 저어가던 거친 파랑
어머니
두 눈 감아도
강의 속내 환하셨지

청보리밭 언덕 너머 봄바람 불어오면
꼬깃 쟁여두었던
풍차 돌리던 꽃날들
물새로 한생을 살아도 멀고 높던 하늘자락

깡마른 수초 덤불
언 물살 속 깊은 주름

당신의 묶인 손발
그 곁에 나 주저앉아
긴 겨울 끌어 보듬는
한 척 별빛 거룻배

동해 북어

벌겋게 단 석쇠 위에 올려진 저 대가리
다물어도 앙다물어도 자꾸만 헤벌어지는
내 몰골
끝나지 않는 화염 속 몸부림이다

두들기면 두들길수록 제 입맛 살아난다고

또 내려치려느냐, 저만치 떨어져 나간 등줄기와 지느러미
뼈마디 으스러져 앙상히 발겨진 아! 동해 북어, 해감내 나는
입속에 소주 한 잔 탁 털어넣고, 털어넣고, 그 속살 잘근잘근
씹어 꿀꺽 삼키더니

이젠 뭐 대가리를 굽는다고? 대가리를

그래 구울 테면 바싹바싹 구워라
살점 뜯겨지고 어금니 문드러져도
북어는
눈 감지 않는다

그냥
타들어 갈 뿐

좀어리연

곱던 꽃 사라지고
성한 잎 떠난 지 오랜,
속 시커먼 대궁 홀로
식은 몸 추스렸는지
곰삭은
품속에 안겨
어린 것 눈 뜹니다

소만 지나 망종 무렵
탯줄 푸는 유월 못
갓 깨어난 연잎들의 속소리 푸릇푸릇
그 사이 손깍지 풀고
스러지는 뼈 하나

더러는 겨운 눈빛
모르는 듯 물리치고
더러는 겨운 손길 잊은 채 넘어온 능선
보이듯

보이지 않는

한 소절

노래입니다

어머니별

하루의 짐 내리고 남루를 뉘는 저녁
숭숭 구멍 뚫려 찬바람 나들던 속내
어머니
다 읽으시고 촛불 밝혀 두셨습니까

어둠의 이마를 짚고
외시는 저 천수경
밴댕이 속 이 고삐, 그 품에 풀어놓습니다
흰 새벽
등대로 서신
어머니의 바다에

때 절은 손과 발
가시 박힌 눈자위도
하늘 못에 헹구어 또 아침을 여시겠지요
어머니
날개깃 접고 내일을 기다릴게요

새날이 밝아오고 다시 천길 쑥구렁

멀어진 길 위에서 내 발걸음 뒤틀려도
날 맞아
손잡아 주실
당신이잖아요 어머니

서녘 늪에 뜨는 개밥바라기별

내 안의 골짜기들
늪으로 가 둥지 틀듯
두만, 압록 건너와 깃 다듬는 철새들
시름도
절망도 잊은 손짓 발짓 봅니다

언 젖가슴 물려두고 한껏 풀어 물려두고
고뿔 든 살붙이들
누런 고름 닦아내는
한세상
바장이던 꿈
다독이는 저 유두乳頭

흐린 내 거울 닦으며 숨은 노래 듣고 있는
자운영 쇠무릎풀 약초로 크는 여기,
늪이라
부르던 이름
서녘 샛별로 반짝입니다

4부

오후 세 시의 바다

서시序詩

어두움 몰아내는 저 별들의 푸른 눈

찬바람 이겨내고 피어난 저 꽃잎의 말, 날선 세상 속 그래도 내일은 살만할 거라고 가슴 쓸어내리는 내 이웃들의 손, 詩란 그런 것

헛헛한
지상의 샛강
디뎌 건네는 놋다리

환한 종소리

그리움의 지도 한 장 하늘에 걸리는 날
사랑을 내려두고,
욕심을 내려두고
에움길 당겼다 놓는 인각사* 찾아간다

그침 없는 칼바람에
식은땀 잦은 이 땅
숭숭한 그 못 자국 붓끝으로 다독이던
큰스님
뭉글한 향설香說
꽃이 되는 그 문전

마음에 내리는 비 산길에도 내리는지
굽틀어진 가지 사이 쑥쑥꾹 경을 읊는
쑥꾹새 앉았던 자리
종소리로 환하다

* 일연 큰스님께서 삼국유사를 저술하신 곳

풍경風磬

절창도 스러지는
깊은 땅속 마그마

거기서 갓 건져 올린
결 고운 청동의 종

그 눈빛

채 식지 않아

와 닿으면

내가 운다

희망으로 가는 길
- 고령 보부상로에서

세상의 길이란 길, 구부러지는 하오下午
나는 이곳에 와 눈 감고 귀를 연다
조선사朝鮮史
푸른 등줄기 지켜온 묵언默言 앞에,

등짐 봇짐 이고 지고 산 넘고 물을 건너
희망을 팔고 사던 풀잎 같은 사람들,
빼앗긴 모국의 목숨, 온몸으로 지키던

절망을 넘던 발자국 남과 북, 동과 서로
저 멀리 대륙을 잇고, 대양의 물결로 뻗어
한반도 오늘을 지킨 밑거름이 되었나니

그들의 사랑은 나 아닌 바로 너였고
너보다 우리
아니, 우리보다 겨레를
뜨거운 심지로 타는
우주의 심장이었다

하문下問
- 우륵의 지문·11

짐이 떠나거들랑
주산主山 푸른 봉우리

높지도 낮지도 않아
흰 구름 쉬이 넘고

하늘 땅
서로 손 닿는 팔부능선
거기 즈음 두어라

산 사람의 일로써
내 상처를 주었거든

그 죄 씻으리라,
두고두고 속죄하리라

밟혀서
즈려 밟혀서
디뎌 건널
돌 되리라

오후 세 시의 바다

바다를 버릴 수 없어
섬이 된 휘파람새
병상에 홀로 누워 갯바위를 더듬는지
몸 안쪽
허물어져서 휘어 넘는 긴 파랑

밀치며 끌어당기며 건져 올리던 기억
태양마저 몸 사리는
물밭 박차 올라도
수평선 새끼발가락
겨우 닿던 흰 부리

고래 심줄만큼 질기고
찰박한 아흔 바당
곱던 손 다 닳아서 지문조차 잃어버린
울 엄마
숨비소리로
오후 세 시를 건진다

셔터의 온도

- 비비안 마이어 *

'행복' 이라 적어놓고 '찍다' 라고 읽었을까
죽음의 순간까지 셔터 누르던 여자,
섬처럼 도심 한복판 둥둥 떠서 산 여자

모두가 잠든 시간 무작정 전화 걸면
롤라이 플렉스가 가만히 나를 본다
유품 속 어리고 늙어 쇠잔해진 고독이

아줌마, 멀대보모, 가정부, 여노숙자
이름자 접어놓고
구겨져 호명될 때면
돌아서
검지를 내렸다
울고 웃고 또 내리고

도시는 불빛보다 그늘이 더 짙푸르러
허공에 뱉던 눈물 콧물의 낯선 발악
죽은 듯 한 끼 밥인 듯 건너가는 텅 빈 자정

배꼽추 꽃심장으로 새기는 화상畫像, 상화想華

살아서 이름 잊혔던 유물 속 외진 판화

꽁꽁 언 여자의 눈빛

외려 내 손 데운다

* 영화 〈비비안 마이어를 찾아서〉는 이름도, 직업도 숨긴 채
  정체불명의 필름 15만 장을 남기고 딸기밭에 묻힌 미스터리
  사진작가 '비비안 마이어'의 삶을 담은 작품

배웅

홀로 지키고 선 도서관 외진 담장
쓴맛에도 눈빛 순한 맨발의 느티나무
된뿌리 피로 쓴 문신文身 고행의 용트림이다

거센 바람 불어와도 쓰러지지 않겠다고
얼마나 곱여미며 세워 온 등이던가
까만 밤
달무리 내려
쓰담쓰담 쓸어준다

맑은 물 빗물 구정물 오물 뒤집어써도

북서풍 눈비 몰고 어김없이 오는 겨울 무참히 짓이겨진 발
가락 마디마디 티눈이 꽂인 양 핀 늙은 아비에게

키 낮은 달뿌리풀이 권하는 참소주 한 잔

찢어지고 곪터져도 울지 않던 그가 운다
부러져도 툭 털고 추스르던 젖은 손가락

둥두렷

깊푸른 성음聲音

금현琴絃 줄로 젖는다

상사화相思花

정말 안다고 했니?

내 마음 알기는 뭘 알아

보고픈지

그리운지

아직도

그런 건지

나 홀로

지게 두는 걸

바보인 거

너, 아니?

배내 연꽃

진구렁
그 정수리 고요는 스며들어
아득한 어둠에도 타오르는 길 열었나
저렇듯 등불 밝힌다
제 속바람 다스려

품었던 흰 하늘
내리고 또 내려놓으며
끝없이 나들던 바람 낱낱이 다 재운 뒤
제 살갗 꿰뚫은 자리
그 공허가 세우는 꽃대

대궁 하나 세우며 진창에 눈 귀 씻고
대궁 하나 세우며 혀끝의 독을 풀어
그제야
붉은 송이 꽃
피워 문다, 蓮

눈 먼 등대

당신,
잃어버리고 펑펑 울었습니다

　당신 목소리에 불 켜지는 작은 등대, 나는 그 가슴팍에 붙은 꼬마전구였습니다 당신께서 부리는 비와 바람, 햇살에 움이 돋고, 하늘로 손을 뻗어 별이 되던 나, 지아비 제삿날 아들 손에 이끌려 온 아파트 빌딩의 숲, 아무에게나 응답하지 않는다는 마법의 문, 비밀 하나 가진 적 없는 당신에게 도어새Door Rock 암호는 세상 가장 어려운 문제여서 시멘트 숲속으로 내팽개쳐졌지요 어디를 어떻게 얼마나 헤매셨는지 파출소 후미진 간이의자 위 흠뻑 젖은 새 한 마리 되어 다친 다리 부여안고 주둥이로 콕콕 흰 벽을 쪼며 꼬박꼬박 졸고 있는 당신, 죽음의 수용소 날선 철조망 맨손으로 끊으셨는지 손톱 끝 온통 피멍입니다 내 등에 업힌 당신이 종잇조각보다 더 가벼워 천근의 발을 끌고 돌아오는 깊은 밤, 골진 주름살과 움푹 파인 눈두덩, 휘어져 뒤틀린 허리, 부풀어 오른 발등, 헝클어진 머리카락, 흙탕물 엉겨붙은 하얀 모시치마, 머리맡에 개어두고 단잠 든 당신, 맵찬 바람에 휘둘려 거칠어진 숨결, 그 자장따라 이제사 나의 잠은 고운 꽃길이겠습니다

엄마아

귓전에서 불러도 영 대답이 없습니다

환승역, 고흐

  몇 번
  헛다리 짚어 덥석 품에 안기는

  그런 세상 어디 있더냐고 강물, 피라미, 구름, 나뭇가지마
저 손사래 친다 해도 미친 물감 푹푹 이겨 이맛전 검붉은 태
점 짓눌러 찍고 또 찍는다 아리꽃 눈곱 뗀 아낙, 첫 햇살 쓸고
먼지 털고 빨래를 하듯 푸른 하늘, 찰랑이는 강물, 반짝이는
운하, 그것도 아닌 한 점 구름이다 한 번은 편지지에 한 번은
캔버스에, 어제는 물 오늘은 기름 또 그리는 랑글루아, 헛도
는 마차바퀴쯤 흰구름 똬리로 틀어 머리채 올려놓고 시커먼
울鬱 덧칠하는데 어디서 맹물 끓여 끼니 때운 사내가 허기를
달래는지 잎담배 연초향 폴폴 피어난다 하루가 멀다 하고 태
양을 등진 채 젖은 시간 말리는 내 어깨도 둥지가 될까 푸른
눈까마귀가 새까만 알감자 몇 알로 늦은 저녁을 삼킨다

  그 너머
  밤 깊을수록 반짝이는 별 하나

환승換乘의 시, 시詩의 환승

문무학 문학평론가

『환승역, 고흐』, 이 생뚱맞은 조합이 곽홍란 시인이 펴내는 시집의 제목이다. '환승역'과 '고흐'가 도대체 어떻게 손잡는단 말인가! 시쳇말로 '고흐가 왜 거기서 나와'라고 말하고 싶었다. 그런데 시집에 실리는 시를 보고 나니 그게 생뚱맞은 게 아니라 의미 있게 재미있는 발상이라는 생각으로 바뀌게 되었다.

2020년 대한민국 문화판에 단연 화제가 된 것은 2019년부터 이어오는 영화 '기생충'의 기분 좋은 충격과 2020년 빌보드 차트 1위를 차지한 BTS의 다이너마이트 같은 '다이너마이트', 그리고 4분의 4박자를 기본으로 하는 우리 대중가요 장르의 트롯이다. 코비드-19의 광

풍 속에서 겨우 숨통을 트이게 해주는 문화 현상이었다.

영화 '기생충'에서는 "이야~~ 서울대 문서위조학과 뭐 이런 거 없나?", "불우이웃끼리 이러지 말자.", "부자니까 착한 거지."라는 등등의 대사가 시대를 적절히 반영하고 있어 놀랍게 했고, BTS의 '다이너마이트'는 "펑크와 소울로 이 도시를 밝혀 빛으로 물들일 거야, 다이너마이트처럼"라고 외치며 위로가 필요한 시대에 위로를 선물했다. 그리고 트롯도 옛 노래를 불러 답답한 국민들을 위로하기도 했지만 참 생뚱맞게 '너 자신을 알라'고 했다는 그리스 철학자 '소크라테스'를 불러내어 '아! 테스형' '세상이 왜 이래, 왜 이렇게 힘들어'라고 부르는 가왕歌王도 아니고 가황歌皇이라는 가수에게 박수를 보내고 있다.

이 시대의 시는 인간을 위로할 수 있어야 한다. 세상의 슬픔을, 세상의 아픔을 외면하는 것은 시가 아니기 때문이다. 곽홍란 시인은 시가 위로여야 한다는 분명한 관을 가지고 있다. 그의 「서시」를 보면 분명해진다.

어두움 몰아내는 저 별들의 푸른 눈

찬바람 이겨내고 피어난 저 꽃잎의 말, 날선 세상 속

그래도 내일은 살만할 거라고 가슴 쓸어내리는 내 이웃들
의 손, 詩란 그런 것

헛헛한

지상의 샛강

디뎌 건네는 놋다리

- 「서시」 전문

어느 때나 그렇지만 팬데믹Pandemic의 시대 이런 시
관詩觀은 인간의 나약함을 벗어나고, 인간을 위로할 수
있는 시의 역할에 큰 기대를 갖게 할 수 있다.

이렇게 모든 예술이 시대가 요구하는 정신이 무엇인
가를 짚어가고 있다. 일찍이 J. P. Sartre는 "작가는 어떤
방법으로도 현실에서 벗어날 수 없으므로 우리들은 작
가가 자기의 시대와 혼연일체가 되기를 바란다. 자기의
시대는 작가의 유일한 기회다. 시대는 작가를 위해 만들
어졌고, 작가는 시대를 위하여 만들어졌다."고 설파했
다. 우리 민족의 정형시 '시조'는 '시절가조時節歌調'를
줄인 말이니 어느 문학 장르보다 시대와 밀접한 관련을
가진 장르다. 시조는 그 시대에 불러야 할 노래들을 부
른 긴 역사를 가지고 있다. 역사가 오래되었다고 해서

시대를 담는 데 부족함이 있는 것이 아니라 더욱 깊이가 있다.

정형시는 형식이 있다는 말이다. 형식이 있다는 것은 담을 가치가 있는 것만 담는다는 뜻이다. 형식이 있는데 멋도 의미도 필요도 없는 것들 이것저것 마구잡이로 담을 수는 없지 않은가! 고를 수 있는 것들 고르고 골라서 쭉정이는 버리고 토실토실 알곡만 담는 것이다. 따라서 시조는 그 형식 속에 우리가 살아가는 이 시대를 담아 후세에 전할 수 있어야 하고, 우리말의 아름다운 가락이 흥청거리게 해야 한다. 우리말의 흥청거림이 삶으로 이어지게 하여 위로가 될 수 있어야 한다. 그래야 훌륭한 시조가 되고, 예술이 되고 역사가 되는 시조가 된다. 이것이 시조를 쓰는 모든 시인들의 꿈이다.

곽홍란 시인이 그런 꿈을 『환승역, 고흐』에서 펼쳐 보인다. 환승역은 '다른 노선으로 바꾸어 탈 수 있도록 마련된 역'이다. 시인 곽홍란은 지금 환승역에 서 있다. 그는 지금까지 타고 온 삶의 열차에서 내려 환승하고 싶다. 스스로를 한번 바꾸어 보고 싶은 것이다. 지금까지의 나를 버리고, 지금까지의 생각을 버리고, 새롭게 생각하고 새로운 나를 만나고 싶어 한다. 어떤 노선으로 갈아탈 것인가? 그것을 고민하고 있다. 그 고민이 이 시집의 내용이다. 그렇다, 시는 마음속으로 괴로워하고 애를 태우는 바로 그 고민의 결과물인데 이 시집의 시들이 그래서 환승의 시로 읽을 수 있겠다.

　그 고민은 쉬이 끝낼 수 있는 것이 아니다. 환승역에서 어디로 가야 할 것인가를 세심히 살피고 살폈다. 크게는 자연에서, 다음에는 역사와 역사 속 인물에서, 그 다음에는 예술과 예술인에게 묻고 물었다. 결코 쉽게 결정되어질 성질의 것도 아니지만 함부로 결정해서도 안 될 일이다. 우리 삶 속에서 무엇이든 익숙하던 것을 버리고 새로운 것으로 바꾸는 데는 성가시고, 불안하고, 불편한 점이 없지 않다. 환승을 결정하는 과정과 목표를 정한 곳이 어디인가를 독자들이 알아차리도록 하는 것이 이 글이 필요한 이유다. 그 까닭을 밝히기 위해 본고는 먼저 정형시의 형식에 대한 곽홍란 시인의 생각을 살펴보고, 환승을 해야 하겠다는 결심의 배경이 자연에 있는지, 역사와 역사 속 인물에 있는지, 예술과 예술인에 있는지 살펴보고자 한다.

1. 시조 형식에 묻다

시조는 전통적으로 평시조, 엇시조, 사설시조로 나누어왔다. 현대에 들어와서 평시조를 거듭하는 연시조가 많이 창작되고 있고, 3장 중 한 구句의 길이만큼 늘어난 엇시조를 한 구 이상 늘어난 사설시조에 편입시켜 장형시조와 단형시조로 양분하기도 한다. 그 외도 종장만으로 쓰는 단장(절장, 홑)시조, 초장이나 중장 중 어느 한 장을 생략하는 2장시조, 시조의 내구만으로 써서 단형의 반으로만 쓴 반시조, 이와 같은 여러 형식을 한 작품 안에 다 쓰는 형식도 있다. 여러 형식을 한 작품에 수용하는 형식을 가장 먼저 쓴 이명길은 '겹시조'란 명칭을 붙였고, 이태극은 '혼합연형시조', 윤금초는 '옴니버스(Omnibus) 시조'라는 명칭을 붙였다.

이와 같은 시조 형식을 어떻게 불러야 할 것인지에 대해서는 학계에서 합의한 바 없다. 앞으로 논의가 있어 정해졌으면 좋겠다. '겹시조'라는 용어는 우리말로 매력이 있지만 연시조와 혼동할 가능성이 있을 것 같고, 옴니버스 시조는 우리 민족 고유의 시 형식을 외국어로 부르기는 곤란하지 않은가 하는 생각이 든다. 필자는 형식이 가진 특성을 가장 이해하기 쉬운 '혼합연형시조'

라고 부르는 것이 우선은 적당할 것 같다. '혼합' 은 '뒤섞어서 한데 합함' 이라는 의미를 갖는데 혼합연형시조는 한 편의 작품 속에 단시조, 엇시조, 사설시조, 단장시조 등이 합해진 시조를 말하는 것이기 때문이다.

곽홍란의 『환승역, 고흐』에는 모두 50편의 시조가 실려 있다. 이 중 단시조는 6편, 연시조가 36편(2수 4편, 3수 22편, 4수 8편, 5수 2편), 사설시조 4편, 혼합연형시조가 4편이다. 여기에서 주목되는 것이 사설시조와 혼합연형시조다. 곽홍란의 시조 작품에는 3수 연작의 연시조가 가장 많은데 이는 형식에 충실하고 있다는 말이 된다. 이 시집의 경우만 봐도 창작 작품의 84%가 시조의 정격형식을 따르고 있다. 그러나 8편의 작품이 혼합연형시조, 사설시조라는 사실은 충분히 주목할 일이다. 이는 시조형식 운용에 대한 '환승' 의 의미를 가진다고 보기는 어렵지만 시조 형식 활용을 확장한다는 의미가 매우 크기 때문이다.

바람 잔 청동의 밤, 선사先史의 어진 사내들아

대가야국, 따순 그 눈빛으로 낙동강 언 허리 풀고 넘실 넘실 흐르다 마른 풀 만나면 실뿌리 적셔주고, 힘에 버거

우면 샛도랑물 어깨 걸고 진양조로 흘러라 흘러가다 비뚤
어진 바위손, 그 게으른 잠 슬쩍 깨워주고, 잘 익은 은어
알 눈곱도 떼어 주고 바다로 바다로 함께 휘몰아 들어라

　열두 줄 가얏고 노래 발묵潑墨으로 풀어놓고

　깃드는 갯바람 화석으로 삭지 않거든
　초목도 울어야 할 골 깊은 멍이거든
　오너라
　맨살 부벼도 아프지 않을 내 사랑

　뭍짐승 바다짐승 알껍질 깨고 나와
　어절시구 손잡아 첫 마음 되새기면
　넉넉한 달 품에 안겨
　산과 내도 꿈을 꾸리

- 「새벽 농현弄絃」 전문

　이 작품은 사설시조와 단시조 2수(2수의 연시조)로
혼합된 작품이다. 이런 형식이 군이 왜 필요할까? 이 작
품엔 그럴만한 이유가 충분히 있어 보인다. 먼저 작품
제목이 '새벽 농현弄絃'이다. 제목이 주는 신성함과 새

로움은 가슴 벅찬 숨결을 느끼게 한다. 제목이 그렇다면 시는 그 설렘을 담아내야 한다. "새벽은 다음 세 가지 형태로 구체화 된다. ① 우주적 차원의 질서화 ② 정치적 차원의 체계화 ③ 일상적 삶의 시작이 그것이다. 밤에서 아침으로의 자연 시간적 이행은 삶의 고난이 시작됨을 뜻하는 것으로, 제주도 서사무가에서 자주 묘사되고 있다."(한국문화상징사전편찬위원회,『한국문화상징사전』, 동아출판사, 1992, 197쪽.)

그리고 '농현'은 거문고나 가야금 등의 현악기 연주에서 왼손으로 줄을 짚어 원래 음 이외의 여러 가지 장식음을 내는 기법이다. 새벽의 활기찬 설렘과 가야금의 원래 악기 주법으로는 모자라는 감흥을 장식음으로 풀어내려면 정격의 시조보다 변격의 시조가 더 어울릴 수 있는 것이다. 실제로 이 작품을 소리 내어 읽어 가면 새벽의 새로움과 가야금 농현의 장식음이 유장한 가락으로 흘러내린다. 그 가락은 마치 물길같이 흘러내리는데 그 긴 물길, 그 강의 흐름을 단시조로 짧게 표현하기는 어려울 것이다.

곽홍란 시인의 이 같은 시도는 시조가 시대를 수용하기 위해서 형식을 활용하는 폭을 넓히는 일이다. 그러나 시조의 기본은 3장 6구 단시조에 있다는 것을 잊어서는

안 된다. 시조를 쓰는 많은 사람들이 혼합연형시조를 써야 한다는 것은 절대 아니다. 다만 시의 내용을 풍부하게 하고 시의 깊이를 더하게 할 수 있을 때는 확장된 형식을 활용하면 된다. 전통을 지키는 것은 매우 중요하다. 그러나 지킨다는 것에 매몰되면 아주 사라지게 될 수도 있다. 시대 흐름을 수용하여 창조적 계승을 하면 시조의 미래를 위해서도 이바지하는 길이 될 수 있다. 의식의 환승이 필요하다.

2. 자연에 묻다

자연을 소재로 한 작품이 많다. 「황새냉이」, 「까치꽃」, 「윤사월 모란」, 「늪」, 「산도라지」, 「참꽃」, 「겨울나루」, 「좀어리연」, 「상사화」, 「배내 연꽃」 등이다. 이 작품들은 소재는 달라도 큰 틀에서의 주제는 크게 다르지 않다. 모든 작품을 환승역에서 바라보기 때문이다. 소재의 빈도가 높은 작품 한 편을 먼저 살펴본다.

　　어쩌면 한 뉘 있어
　　가던 길 세운 걸까

살며시 귀 기울이면 처억 척 회초리 소리

저 홀로 종아리 걷고

밤새도록 내리친다.

세상으로 이어진 길 아득히 지워지면

비 젖고 쓰린 상처

바람이 말리는지

얼붙어 싸늘한 못물,

속살 데우는

마른 연蓮

쉬 썩을 수가 없어

까맣게 타버린 대궁

어둠 속 곧추앉아 아직은 먼 봄마중인가

숫새벽

제 심지 부벼

하늘 자락 지핀다.

- 「겨울 연지蓮池」 전문

연꽃은 수련과의 여러해살이 수초로 7~8월에 붉은
색 또는 흰색의 꽃으로 핀다. 잎과 열매는 약용하고, 뿌리는 식용한다. 그 쓰임이 다양하듯이 이름도 참으로 다양하다. 만다라화曼荼羅花, 부용芙蓉, 수단화水丹花, 연하蓮荷, 연화蓮花, 우화藕花, 하화荷花 등으로 불린다. 그중 '만다라화'는 불교에서 천상계에 핀다고 하는 성스러운 흰 연꽃으로 '천묘화'라고도 불린다. 연꽃은 왜 이렇게나 여러 이름으로 불릴까? 쓰임이 많아서일 것이고 쓰임이 많으니까 상징이 많아서 그렇기도 할 것으로 보인다. 어쨌든 연꽃은 예사 꽃과는 다르고 종교적인 꽃으로 성스럽게 여긴다. 곽홍란 시인은 유독 연꽃에 관한 관심이 많은 듯하다. 이 작품집에도 「겨울 연지」를 비롯해 「좀어리연」, 「배내 연꽃」 등의 작품이 실려 있다.

그런 꽃이 피는 겨울 연못을 본다. 아무리 보아도 겨울 연밭은 아름답다고 하기는 어렵다. 시인은 그런 연밭에서 식물인 연을 보는 것이 아니라 사람을 본다. 그것도 겨울 사람, 무엇인가 후회스러운 일이 있는 그 누군가가 스스로 종아리를 치는 모습을 떠올린다. 그는 다시 태어나고 싶은 사람일지 모른다. 곽홍란 시인처럼 환승을 꿈꾸는 그런 사람, 그는 외롭기까지 하다. 세상으로 향하는 길까지 지워져 있다. 그러나 그는 그대로 사라질 수 없어서 다시 태어날 꿈을 꾼다. 봄을 기다려 보는 것이다. 시인은 겨울 연밭에서 혹독한 겨울을 이겨가

는 사람을 만난다. 그는 그런 사람이 사는 곳으로 가고
싶은지도 모르겠다.

새처럼 들풀처럼 그리 살라 하셨습니까
드넓은 하늘의 깃
헤아리려 들지 말고
오롯이 그 품에 안겨 피어나라 하셨습니까

까닭 없이 멱살 잡는
지상의 삶이라도
등 떠밀고 달아나는 한줌 햇살이라도
묵묵히
불러야 할 이름
잊지 말라 하셨습니까

나의 강은 살얼음 져 겨우내 잔기침인데

툭, 어깨를 치는 바람
그대의 말씀입니다

허튼 길

끊어진 자리

그곳에 날 두라는

- 「바람의 편지」 전문

　환승을 꿈꾸는 시인은 바람으로부터 편지 한 통을 받는다. 바람의 편지는 보낸 바람이 쓴 게 아니라 편지를 받아 읽는 시인이 쓰는 것이다. 그 편지의 첫째 사연은 아주 쉽게 말해서 따지지 말고 살아보라는 것이다. 하늘이 왜 저리 넓고, 들풀은 어이 저리 푸르며, 새는 얼마나 자유로운가? 그것을 부러워하며 그 이유를 따지려 들 것이 아니라 그냥 그 품에 포근히 안겨 살아보면 어떻겠냐고 바람이 전해주는 것이다. 시인이 이런 뜻으로 읽었다는 것은 그렇게 살라는 말에 공감한다는 것이다. 자연을 거역하지 않고 자연에 안기는 것, 그것이 넓음과 푸름과 자유로움에 못지않은 것이며, 그 모든 것을 포함하는 것이라고 시인은 느낀다.

　둘째 사연은 바람이 불어오는 천상의 삶이 아니라 '까닭 없이 멱살 잡' 히는 지상의 삶에서도 정말 하찮다고 생각하고 사는 것들에 대해 다시 생각해 보라는 사연을 읽는다. 전혀 고맙다고 생각하지 않고 사는 '햇살 한 줌' 그것이 얼마나 소중한가! 그 햇살 한 줌 같은 사람이 내 주변에 얼마나 많이 있는지 살피며 살라는 말을 듣는다. 셋째 사연은 내 삶이, 내가 처한 곳이 참 어렵고 힘들고 불안한 곳이지만, 사람이 사는 모든 곳은 다이너마이트가 터질 수 있는 곳, 그러니 그곳을 잘 지켜 안전의 울타리를 만드는 것, 그것이 시인이 쓰는 시일지도 모른다. 삶을 보다 안전하게 하는 울타리, 그래 그것이 시일 수도 있는 것.

이렇게 시인은 지상에서 부는 바람이나, 지하에 뿌리를 박은 연이 지상에 솟구쳐 올라 꽃을 피우는 자연 현상들에게 시인이 환승해야 할 곳이 어디인지를 물었다. 그러나 그 대답은 쉬 들리지 않는다. 여러 형태의 자연을 다 살펴보아도 그 대답을 듣지 못했고, 앞으로도 영원히 듣지 못할지도 모른다. 아니 듣지 못할 가능성이 많다. 그 대답을 쉬 들을 수 있다면 인생의 맛은 줄어들고 말 것이다. 내일을 안다면 내일이 기다려질 것인가? 모르기 때문에 내일을 기다리며 살게 되는 것이다. 자연이 그 대답을 들려주지 않는다면 질문처를 옮겨볼 수밖에 없다. 시인은 그것을 역사와 사람에게로 바꾸어본다.

3. 역사와 역사 속 인물에 묻다

　곽홍란 시인은 꿈꾸는 환승을 위하여 역사와 그 역사 속 인물들에게 도움을 청하기도 한다. 역사와 인물에게 갈 길을 묻는 것은 현명한 일이다. 그것이 역사의 존재 이유이기도 하다. 「언총」, 「겨울 옹녀」, 「셔터의 온도」, 「그리운 꽃, 화왕」의 선덕여왕과 무명의 예술인, 「어떤 비망록 - 송촌 지석영」, 「말피꽃 기별 한 잎 보내두고」로 모셔온 김유신과 그 첫사랑 천관, 「턱없는 잣대」 속의 원효, 「세한의 꽃잠」에 다산, 「감은사지 석탑」의 문무대왕과 그의 아들 신문왕, 「환한 종소리」의 일연선사, 「하문下問」의 악성 우륵 등이 있다. 이 역사 속 인물들에게 묻고 물은 그 대답은 무엇이었을까? 환승역을 제대로 안내받았을까. 곽홍란 시인이 물음을 던진 이 역사 속 인물들의 정신을 많은 시인들이 시로 형상화한 바 있다.

　그런데 곽홍란 시인은 참 특별한 인물을 불러냈다. 종두법을 개발하여 어린이들의 생명을 구한 지석영을 불러낸 것이다. 시대감각이 빛나는 부름이다. 코비드-19로 엉망이 된 우리 삶에서 종두법을 개발한 지석영, 그를 떠올리는 예민함을 시인은 갖고 있다. 역사와 역사 속 인물을 통해 환승지를 묻는 작품은 이 하나만으로 대의를 짐작할 수 있을 것 같다.

　　무쇠로 족쇄 빚어 빗장문 굳게 걸어도
　　천연두天然痘 앞 비껴갈 자
　　세상천지 누구던가
　　문 열고 듣고 보는 것 울음이요 주검이라

　　저무는 별빛마저
　　붙들어 불 밝히고
　　어린 목숨 살리고자 뜬눈으로 지핀 일월,
　　피 묻은
　　역신의 손톱보다 무섭던 손가락질

　　천명天命의 길은 멀고
　　건널 강은 넓고 넓어
　　눈물로 골이 패던 유형의 땅 신지도,
　　그 열정
　　겨레의 근심을 덮고
　　새 아침을 열었네

　　　　　　　　　　　- 「어떤 비망록 - 松村 지석영」 전문

지석영(1855~1935), 그는 누구인가? 이 땅의 수많은 어린이들을 천연두의 위협에서 구해낸 사람이다. 1879년 천연두가 창궐할 때, 천연두에 대한 한의학의 무력함을 통감하여, 여러 경로를 통해 종두법을 개발, 어린이들의 생명을 구했다. 임오군란이 일어나자 일본 의사와 접촉하여 종두법을 수입한 그에게 체포령이 내려지기도 했다. 1883년에는 과거에 응시, 급제한 뒤 사헌부 지평에 임명되기도 했지만, 1887년 조세 등 국정을 신랄하게 비난하는 상소를 올렸는데, 이 상소가 "지석영이 우두를 놓는 기술을 가르쳐준다는 구실로 도당을 유인하여 모았다."는 수구파들의 탄핵을 받아 5년간 신지도에서 유배생활을 하게 된다.

2020년 코비드-19가 창궐하는 이 시대, 우리는 누구라도 종두법을 배워서 천연두의 위협에서 벗어나도록 해준 지석영을 떠올림 직하다. 지석영, 그의 삶은 위대하지만 순탄하진 않았다. 그는 온갖 고난을 이겨냈다. 천연두로 목숨을 잃어가는 어린이들을 구해냈지만 그것을 구하려 만났던 일본 의사와의 만남으로 체포령이 내려지고, 종두법과는 다른 일이었지만 탄핵을 받아 유배생활까지 했다. 당시 그의 삶을 비웃던 많은 사람들, 손가락질했던 사람들, 심지어 그를 유배 보낸 수구파들,

그것을 견뎌낸 지석영이었다. 그래서 그에게 물어보는
것은 의미 있는 일이 아닐 수 없다.

4. 예술과 예술인에 묻다

어디로 가야 하겠느냐고 자연에게도 물어보고 역사
와 그 역사 속 인물에게도 물어본 시인은 다시 예술과
예술인에게도 그 물음을 던진다. 넓은 의미의 메타시
Metapoetry로 볼 수도 있을 것 같은 작품으로 「서시」를
비롯한 「화인火印 - 뮤지컬 〈See What I Wanna see〉」,
「고갱의 달」, 「셔터의 온도 - 비비안 마이어」, 「환승역 -
고흐」가 있다. 이 작품들 중 표제작인 「환승역 - 고흐」
와 고흐를 얘기하며 빼놓을 수 없는 「고갱의 달」을 보기
로 한다

　　몇 번
　　헛다리 짚어 덥석 품에 안기는

그런 세상 어디 있더냐고 강물, 피라미, 구름, 나뭇가
지마저 손사래 친다 해도 미친 물감 푹푹 이겨 이맛전 검
붉은 태점 짓눌러 찍고 또 찍는다 아리꽃 눈곱 뗀 아낙,

첫 햇살 쓸고 먼지 털고 빨래를 하듯 푸른 하늘, 찰랑이는 강물, 반짝이는 운하, 그것도 아닌 한 점 구름이다 한 번은 편지지에 한 번은 캔버스에, 어제는 물 오늘은 기름 또 그리는 랑글루아, 헛도는 마차바퀴쯤 흰구름 똬리로 틀어 머리채 올려놓고 시커먼 울뚝 덧칠하는데 어디서 맹물 끓여 끼니 때운 사내가 허기를 달래는지 잎담배 연초향 폴폴 피어난다 하루가 멀다 하고 태양을 등진 채 젖은 시간 말리는 내 어깨도 둥지가 될까 푸른눈까마귀가 새까만 알 감자 몇 알로 늦은 저녁을 삼킨다

　　그 너머
　　밤 깊을수록 반짝이는 별 하나

- 「환승역, 고흐」 전문

　이 시집의 표제가 된 이 작품은 고흐의 작품 활동에 대한 긴 사설이다. 고흐의 작품이 오늘날까지 세상에 전해지고 있는 이유가 그리 쉽게 온 것이 아니라는 사실을 말하고 있다. 한두 번 실험해서 (헛다리 짚어) 이루어진 것이 아니라는 것이다. "반 고흐는 자신이 본 것을 재현하려고 노력한 것이 아니라 '더욱 강렬하게 나를 표현하기 위해' 색채를 더욱 임의적으로 사용하였"(스티븐 파딩 책임 편집, 하지은, 한성경 옮김, 『죽기 전에 꼭 봐야할 명화 1001』, 마로니에북스, 2016, 520쪽.)고, "그림 표면을 매끈하게 하거

나 물감을 세심하게 혼합하지 않고 매우 두껍게 발랐다."(앞의 책, 525쪽.)고 했는데, 이와 같은 작품의 내용과 기법들을 사설시조의 특성에 맞게 버무려서 긴 사설로 풀어내고 있다.

고흐의 초기 작품인 「감자 먹는 사람들」은 먹고살기 위해 고된 일을 하는 노동자들의 모습을 사실적으로 보여주는데 이런 작품과, 그의 최후 작품 중의 하나인 「까마귀 나는 밀밭」은 고립의 느낌을 강하게 풍긴다. 1889년 정신병원에 자발적으로 찾아가 일 년간 치료를 받는 와중에서 심오한 정신적 의미가 담긴 표현주의 작품 「별이 빛나는 밤」을 그렸다. 그러니까 이 시조는 그림에 풀어놓은 고흐의 정신을 더듬은 작품이다. 하나의 작품이 태어나기까지 겪은 숱한 고뇌와 고난을 통해 작가의 정신을 돌아보는 것이다. 이 같은 고흐의 그림 그리기가 시인에게는 시조 창작이다. 그래서 종장은 "그 너머/ 밤 깊을수록 반짝이는 별 하나"로 마무리된다. 종장 첫 음보의 지시대명사 '그'는 바로 고난이고 땀이다. 아니다 피다.

한마디 말도 없이 생을 던져 버렸다
그 소문 고리 물고 싹이야 트든 말든

마흔은

미생未生의 거푸집,

날개 잃은 호접몽

세월도 닳아버린 어느 해였던가

팔다리 뭉그러지고

촉수만 남은 사내

송두리

바위에 스며 들꽃으로 피어나고

바다를 집어삼킨

무삶이 섬이 되었나

질기던 역신조차 내쳐 달아나 버린

항아님

애간장 빚어

청천 정수리 걸었네

-「고갱의 달」 전문

고흐를 말하면서 고갱을 말하지 않을 수 없다. 특히 이 시집에서 환승역을 찾는 시인의 경우에는 아주 절실할 것 같다. 남프랑스에서 많은 작품을 남길 때 고갱이

반 고흐의 '노란 집'으로 이사를 왔다. 두 화가는 몇 주 간 함께 작업을 했으나 사이가 악화되어 고흐가 자신의 귓불을 자르는 사태에까지 이르렀다. 고갱은 떠나갔고 고흐는 입원했다. 고흐의 삶도 무난하지 않았지만 고갱 의 삶은 더욱 힘들었다. 곽홍란의 「고갱의 달」은 고갱의 삶을 모델로 한 영국 작가 William Somerset Maugham (1874~1965)의 「달과 6펜스」에 뿌리를 두고 있다. 이 소설 을 읽고 쓴 작품임이 분명해 보인다.

『달과 6펜스』는 Paul Gauguin을 모델로 했다. 중년의 증권 브로커가 탈 없이 잘 살다가 느닷없이 화가가 되겠 다고 처자며 직업이며 모든 것을 다 버리고 집을 나가 버린다. 파리의 뒷골목을 떠돌다가 태평양의 외딴 섬 타 히티로 갔다. 그 섬에서 그림을 그리며 살다가, 문둥병 에 걸려 장님이 되었지만 신비로운 그림을 완성하고 죽 음을 맞는다는 줄거리를 갖는다. 이 책의 도입부에서 "예술에서 가장 흥미로운 부분은 예술가의 개성이 아닐 까 한다. 개성이 특이하다면 나는 천 가지 결점도 기꺼 이 용서해 주고 싶다."는 말이 나오는데 그런 개성이 부 러워서 이 시를 쓰게 했을지도 모른다는 생각이 스쳐가 기도 한다.

5. 환승역, 찾았을까?

이제 다시 돌아보아야겠다. 자연에서, 역사와 인물에서, 예술과 예술인에서 어디로 가는 차를 타야 하겠느냐고 묻고 물은 시인 곽홍란은 갈 곳을 찾았을까? 나는 찾았다는 생각을 굳힌다. 시인이 찾던 것은 그의 의식을 부려놓을 곳이다. 그곳은 '고흐'라는 역이다. 아니다. 고흐라는 사람이 창조한 세계, 그 작품의 역에 있다. 보편적으로 알려져 있는 사실들만으로도 시인이, 아니 예술을 하는 사람이 가운데 고흐의 예술혼에 경의를 표하지 않을 사람이 있겠는가? 무엇보다도 고흐가 겪은 인생의 시련과 고난, 스스로 귓불을 자르고, 스스로를 향해 방아쇠를 당긴 그, 누구도 닮기 어려운 예술혼을 가진 고흐. 그는 그래서 그야말로 특별한 화가다. 그 특별함에 관심이 없을 수는 없다.

그러나 이런 이유만으로 곽홍란이 환승역을 '고흐'로 잡지는 않았을 것이다. 그것이 너무나 잘 알려진 일반적인 사실이기 때문이다. 이미 알려져 있는 그런 보편적인 것에 곽홍란의 의식이 크게 반응하지 않을 것이다. 무엇인가 새로운 것을 보아야 하고 느껴야 하는 기질 내지 성질에 맞지 않기 때문이다. "죽여도 죽지 않는

/ 희디 흰 성질머리(「산도라지」에서)" 때문이기도 하고, "몸부림치며 홀로 익는 저항의 눈(「길모퉁이 볼록거울」에서)"을 가졌기 때문이다. 곽홍란이 고흐의 역으로 환승하겠다는 진짜 이유는 무엇일까? 고흐의 초기 작품은 어두운 색조의 작품이었고, 후기 작품은 표현주의의 경향을 보였다. 고흐의 작품은 20세기 미술운동인 야수주의와 독일 표현주의가 발전할 수 있는 토대를 제공했다는 바로 이 지점, 그러니까 변화와 토대 제공이라는 것에 끌리지 않았을까. 그는 스스로의 변화와 누군가 혹은 무엇인가의 토대가 되는 시를 쓰고 싶다. 그것이 곽홍란이 환승하고자 하는 핵이다.

그 방증들은 이 작품집에 실린 시들에서 감지할 수 있는데 다음의 세 가지로 요약될 수 있겠다. 첫째로 그는 대한민국의 정형시 시조를 다룸에 있어 정형시의 형식 활용에 대담성을 보이며 그 영역을 확대하겠다는 개성을 보이고 있다. 이는 Kahlil Gibran이 『나는 네 행복을 지킨다』에서 시를 '비전의 확장'이라고 한 바 있는데 같은 뜻으로 읽어도 좋을 것이다. 다음으로는 시조가 그 어떤 형식보다도 그 시대 흐름에 민감해야 하는 이상을 가지고 있는데, 그 이상에 가깝게 가 있고 작품에서 시대를 은유하고 있다. 시조를 가리키는 한자의 시時는 글이 아니라 때를 가리키는 말이다. 마지막으로 정형시에 담은 말 부림이 우리말의 가락을 잘 살려내고 있어, 우리에게 우리 가락의 멋을 새삼 깨우쳐주고 있다. 우리 것을 진정으로 사랑할 수 있는 토대를 만들어내고 있는 것으로 읽힌다.

이제 시인은 환승역에서 망설임 없이 그가 찾은 유토피아를 향해 달려가면 된다. 그 길에 William Somerset Maugham이 『달과 6펜스』에서 쓴 "작가(시인)는 글 쓰는 즐거움과 생각의 짐을 벗어버리는 데서 보람을 찾아야 할 뿐, 다른 것에는 무관심하여야 하며, 칭찬이나 비난, 성공이나 실패에는 아랑곳하지 말아야 한다.", "아스팔트에서도 백합꽃이 피어날 수 있으리라 믿고 열심히 물을 뿌릴 수 있는 인간은 시인과 성자뿐이 아닐까." 라는 말을 이정표로 걸어주고 싶다. 그리고 시인에게 시인이 쓴 「동해 북어」를 읽으며 그 가열한 정신을 생활 속으로 끌어당기길 기대한다.

　

　벌겋게 단 석쇠 위에 올려진 저 대가리
　다물어도 앙다물어도 자꾸만 헤벌어지는
　내 몰골
　끝나지 않는 화염 속 몸부림이다

두들기면 두들길수록 제 입맛 살아난다고

또 내려치느냐, 저만치 떨어져 나간 등줄기와 지느러미 뼈
마디 으스러져 앙상히 발겨진 아! 동해 북어, 해감내 나는 입
속에 소주 한 잔 탁 털어넣고, 털어넣고, 그 속살 잘근잘근 씹
어 꿀꺽 삼키더니

이제 뭐 대가리를 굽는다고? 대가리를

그래 구울 테면 바싹바싹 구워라
살점 뜯겨지고 어금니 문드러져도
북어는
눈 감지 않는다
그냥
타들어 갈 뿐

- 「동해 북어」 전문

환승역, 고흐

지은이 | 곽홍란

초판 발행 | 2020년 11월 11일

펴낸이 | 신중현
펴낸곳 | 도서출판 학이사
출판등록 | 제25100-2005-28호

    대구광역시 달서구 문화회관11안길 22-1(장동)
    전화_(053) 554-3431, 3432 팩시밀리_(053) 554-3433
    홈페이지_http://www.학이사.kr
    이메일_hes3431@naver.com

ISBN_979-11-5854-264-1 03810

대구문화재단 Colorful DAEGU

'본 서적은 2020 대구문화재단 개인예술가창작지원으로 출간되었습니다.'